à Malou

dépot légal 11/2013
ISBN 978-2-9546552-0-8
Imprimé en U.E.

Préface

« Notre maison brûle ! » disait le président Chirac pour qualifier le désordre environnemental de notre planète.

Si notre maison brûle, elle souffre de la cave au grenier, de l'Antarctique à l'Arctique, ces contrées de glace et d'eau, où prospèrent une flore et une faune parfois emblématiques. Elles subissent les effets du changement climatique, de la pollution, la mauvaise haleine de notre monde contemporain.

Par ailleurs, au fur et à mesure que l'homme épuise ses ressources les plus essentielles et que ses technologies avancent, il regarde ces deux pôles avec gourmandise, menaçant de détruire de fragiles équilibres, des richesses millénaires, un patrimoine dont la valeur dépasse - et de loin - les intérêts d'une génération.

Points cardinaux de l'environnement mondial, l'Antarctique et l'Arctique occupent une position clef de l'équilibre physique, chimique et biologique de notre planète.
Leur préservation, un legs moral aux générations futures, n'apparaît malheureusement pas comme une simple évidence. Pour cela, il faut gagner la bataille des cœurs et des consciences.

Cette bataille bien pacifique ne peut être menée que par des fantassins de la paix et de l'amour de notre planète. Leurs armes sont connues : des photos, des images, des mots et des textes. Ces armes ne blessent pas, elles ne tuent pas, au contraire, elles alarment, elles élèvent le niveau des connaissances et parlent à l'âme de chacun.

Je salue ici le travail de Sabine TRENSZ, photographe strasbourgeoise, voyageuse et amoureuse des étendues de glaces comme des beautés africaines. Son œil précis et son objectif plein de tendresse nous font découvrir et aimer ces espaces parmi les plus beaux du monde.

S'il y a un point commun entre les photos et les textes de ce livre, c'est bien leurs dimensions poétiques. A ce titre, les textes, à la fois riches, tendres et forts de Gérard CARDONNE sonnent comme un cri. Cri d'amour pour des espaces en danger. Cri de dépit pour l'homme prédateur. Cri du cœur pour l'ours blanc en voie de disparition.

Auteur prolixe, homme engagé, spectateur et acteur d'un monde en ébullition, Gérard CARDONNE nous livre un ouvrage dont l'alchimie des mots et l'architecture des phrases cachent une prière, celle de la sauvegarde de notre cave, de notre grenier, là où les enfants cachent leurs rêves, partagent leurs jeux.

Si l'homme est un grand enfant, qu'il n'oublie jamais, ni son passé, ni son avenir, encore moins sa maison…

Sabine TRENSZ et Gérard CARDONNE auront, pour leur part, apporté la plus belle contribution qui soit, pour que l'homme soit protecteur plutôt que prédateur.

Laurent FURST,
Député, Président du groupe d'études
Arctiques Antarctiques Terres Australes Françaises de l'Assemblée Nationale

Avant-propos

Il était une fois..., c'est ainsi que commencent les légendes. J'ai compulsé les photos de Sabine Trensz afin de savoir si j'allais m'engager dans cette aventure polaire.

Pour me convaincre, Sabine m'a demandé de monter dans son traîneau afin de visiter la banquise. Les chiens aux yeux isatis, ces fantassins de la glace, se sont mis à aboyer. Puis ils ont arqué leur dos pour nous emporter dans une course effrénée vers l'horizon bleuté.

Là, où il y a plus de huit mille ans, naquit un pays qui s'appelait le « Pays Blanc » ou le « Pays des Sept bœufs », puisque, là-haut dans le ciel, il y a sept étoiles qui forment un chariot pour guider notre destinée.

Avec Sabine, nous filons quelque part vers les mythiques aurores boréales...
C'est ainsi qu'un écrivain s'est mis aux côtés d'une photographe pour extraire de ses photos toute la sensibilité et tout l'amour que cette artiste porte à ce que son œil voit dans ces paysages du bout du monde.

Au fil du parcours, il m'est apparu évident qu'entre la photographe et l'environnement qu'elle révèle, un lien profond s'est tissé. Photo après photo, cette artiste s'est dérobée pour devenir une éthologue à l'affût du moindre détail.

Entre Sabine et cet univers glaciaire de l'Arctique et de l'Antarctique, il y a un peu plus qu'une simple histoire d'amour. Et ce ne sont pas seulement des immenses étendues neigeuses sans horizon à couper le souffle dont elle s'est éprise, ni même de l'océan mangeur de la banquise, mais de sa faune mise en péril. Elle a ressenti le besoin irrépressible d'immortaliser par la photographie ces animaux ailés, terrestres et aquatiques désormais menacés par la voracité de notre système de civilisation. Elle a pris conscience de la menace de la disparition annoncée de la banquise dans un bref délai à l'échelle de notre histoire, entraînant celle de ces animaux. Aussi ne veut-elle pas oublier cette faune et cette flore.

C'est à cela que servent ses photos qui relèvent autant d'un travail artistique qu'éthologique. Elles témoignent d'une saisissante et profonde humanité. Car Sabine a pris comme règle qu'une bonne photographie est celle qui communique un fait, touche le cœur du spectateur et le transforme. En un mot, c'est une photographie efficace.

Une photographie n'est pas un moment arrêté d'un monde passé. C'est une histoire en mouvement qui crée sans cesse, invente un futur aux humains.

Le bestiaire de la banquise évolue sous des cieux quasi mythologiques, presque irréels d'immensité. Aussi, Sabine se met au service d'une scénographie inventive : fête intimiste qui met le spectateur en mouvement pour une invitation à une insolite randonnée dans la création artistique. Il volera avec l'albatros, se baignera avec le manchot et s'allongera au côté du phoque assoupi sur un hummock. Et quand apparaîtra l'ours, le roi de la banquise, il ressentira tout le respect et la crainte de le voir disparaître, affamé et exclu de sa banquise disparue.

L'art de Sabine est très présent par sa magie, son mystère et sa dimension scénique. C'est véritablement l'œuvre d'une femme dont la passion photographique ne sera jamais rassasiée.

J'ai choisi mes mots pour soutenir son message par la poésie et un peu de philosophie. Tout au long des pages qui s'ouvrent, ils servent de fil rouge et s'entremêlent avec les paysages pour s'intégrer dans les couleurs des photos choisies par Sabine. Cet ouvrage permet de suivre un itinéraire initiatique et symbolique de la création, telle la métaphore du destin de deux actes artistiques solidaires : la photographie et la littérature. Synthèse particulière enivrante et pleine de découvertes.

Je symboliserai cette complicité entre Sabine et moi-même par cette belle citation de Lucrèce : « Comme nos enseignements paraissent amers à ceux qui ne les ont point encore savourés, et que la foule les rejette, j'ai voulu t'exposer ce système dans la langue mélodieuse des Piérides, et le dorer, en quelque sorte, du miel de la poésie; espérant retenir ton âme suspendue à mes vers, tandis que je te ferai voir toute la nature des choses avec son ajustement harmonieux et sa forme. »

Gérard Cardonne

Le cri de l'infini

Edvard Munch aurait réalisé son œuvre majeure, « le Cri », après avoir été terrassé par un coucher de soleil sur un fjord et avoir été envahi par la sensation d'un feu cosmique dévorant, un feu de sang :

« Je suis resté là, tremblant de peur. J'ai senti un cri infini qui passait à travers l'univers »

Comment mieux exprimer, avec Munch, que ce cri perçu par le maître dans la nature est désormais celui d'un monde fracturé.
Que nous ne sommes plus du même monde ?

Au-delà des fjords norvégiens domine le mystérieux continent de l'Arctique sur lequel, depuis plus de huit cents millénaires, la glace règne en maître sur l'océan.

Au cours des trente dernières années, la banquise a perdu un tiers de sa surface.

Elle se gonfle et se dégonfle de façon dramatique. La fonte des glaciers produit de l'eau douce tandis que celle de la banquise de l'eau de mer : événements extrêmes qui accentuent des phénomènes démesurés et produisent des changements gigantesques de la planète.

Le tocsin résonne à tout va. La banquise fond : sa surface passe de quinze millions de kilomètres carrés en hiver à ...trois millions en été ! Quel financier accepterait une telle fluctuation alarmante de son compte en banque sans crainte d'effondrement ? Oui, le téléphone sonne. Mais il n'y a personne pour y répondre ! Ne restent que quelques Inuits ou Tchouktches, quelques ours en quête de survie.

Glace et faune arctiques sont intimement liées. Toutes deux sont en danger de mort avec la disparition programmée par le prédateur numéro un de cet environnement glacé qu'est l'homme. Celui-ci ne réalise pas qu'il est lui-même en danger mortel.

Le silence infini et douloureux de ce monde en train de disparaître fascine. A chaque jeu de lumière qui sculpte et modèle la mer et la glace, on s'interroge : où commence la terre ferme ? Où finit l'océan sous cette banquise ? D'où vient cette neige omniprésente ?

Les glaciers somptueux soufflent un air polaire. La glace craque, d'énormes fissures s'ouvrent et respirent. Elles laissent sourdre les plaintes des monstres marins. L'inconnu oppresse.

Le paysage ensorcelle. Aurore féerique d'un lever de soleil permanent sur l'horizon qui s'empourpre d'eau et de sang.

Magie des couleurs quand l'astre prend son bain océanique pour mieux aquarelliser la glace. L'or fondu du soleil qui ne veut pas mourir apporte l'écarlate sur la neige.

Ici, tout n'est que forces primitives de la nature qui se percutent : glaciers et océan, ours blancs de l'Arctique et manchots de l'Antarctique, blizzard et goélands. Un espace sans mensonge possible. Il n'est question que de survie, d'amour et de mort.

Depuis qu'il est apparu sur la glace, le maître incontesté en est l'ours blanc. Mais il n'est pas seul. Les animaux sont de véritables héros shakespeariens dont les chasses sont haletantes, la lutte pour combattre la faim poignante et l'échange d'affection entre petits et adultes émouvant. Les destins sont cruels et exaltants.

Pour tous, la survie, c'est la vie.

Celle-ci prend tout son sens dans la frénésie amoureuse qui active la faune pour gagner la course contre la montre d'un bref été et faire exploser le cycle éternel de la procréation : parade, ponte et couvaison sont menées tambour battant. Bébé phoque et poussin de manchot sont des cris de victoire de la vie sur l'hostilité climatique.

Si la leçon de ces existences est une mécanique complexe, l'œuvre finale demeure puissante. Leçon d'adaptation aux aléas drastiques d'une nature menaçante qui rabaisse la fierté orgueilleuse de l'homme, esclave d'un confort insultant.

Partout la glace est présente. Ciselée par des forces gigantesques. Écrasée par des mains de géant. Malaxée par un vent impitoyable. Brassée par la danse permanente de la banquise.

Des crêtes tourmentées d'argent et de lapis-lazuli se détachent dans la pureté de l'air arctique.

Impérieux et grondants, les grands glaciers imposent leur ordre à l'étendue anarchique. Les glaces polaires ont été et sont encore l'incarnation de la puissance de la nature. Iceberg, ce seigneur en draperie, animal préhistorique transhumant sur un océan anthracite.

Pas un souffle de vent, pas un cri d'oiseau : la glace est muette. Au bruit se substitue l'absence. On la perçoit comme une pression derrière les tempes. On tend l'oreille. On a comme l'illusion d'un rugissement. C'est l'attente dont on ne sait quoi. Mais la certitude que cela va arriver. Doit arriver.

Arctique, continent du mythe et de la légende. Continent de l'aventure et de la poésie.

Château fragile à l'équilibre instable. L'océan prend des allures de fête pour venir fracasser ses vagues sur les plages de galets noirs. L'haleine glacée des neiges éternelles rétrécit l'horizon.

L'eau prend une couleur de tempête. Grise, anthracite, blanchie sur la crête des vaguelettes, elle rechigne à s'allonger sur les plages. Lumière polaire boréale multicolore qui hallucine. Un autre monde au bout du monde se fait et se défait. Un monde un peu fou.

L'Arctique demeure la plus vaste étendue sauvage de la planète, jugée froide, désolée et hostile par les premiers explorateurs comme le missionnaire anglais S.K. Hutton qui parlait d'un "Désert nu et morne", mais nommée par les Inuits « nuniassiaq », c'est-à-dire... la Belle Terre ! On ne peut mieux faire apparaître la distorsion moins des points de vue que d'une conception de la vie tout court.

Et si la banquise n'existait plus?...

L'Arctique et l'Antarctique sont les derniers bastions en eaux froides pour la faune marine. Mais leur renouvellement est très bas. Devant la ruée programmée des chalutiers avec le recul de la banquise, elle sera vite anéantie lors de cette ultime razzia. De plus, sous la glace, c'est *mare incognita*.

Le compte à rebours s'emballe. Il est 23 heures 59 ! Les défis liés au changement climatique augmentent, - 50 cm de montée des eaux dans notre siècle équivaut à 200 millions de réfugiés climatiques – mais les opportunités aussi, l'essentiel étant de maintenir un équilibre entre les deux. Car les spécialistes, et non les politiques, anticipent la disparition totale de la glace l'été d'ici dix à vingt ans. Dans cette débâcle climatique, l'Arctique semble devenir l'Eldorado des réserves d'énergie, des routes maritimes et des zones de pêche. Eldorado, ce pays mythique qui n'a jamais ...existé. Mais dont la fiction a permis la disparition de la culture des peuples premiers !

Que devenons-nous dans cette course stupide ? Il importe de se souvenir de ceux qui, déjà, ont lancé un appel pour la survie des leurs et de leur environnement. Comme celui, en 1854, du Chef Seattle des tribus amérindiennes Suquamish et Duwamish. Noms inconnus pour beaucoup comme risquent de l'être ceux des Inuits et autres Inupiats, Tchouktches ou Yupiks dans moins de cinquante ans.

« *Comment pouvez-vous acheter ou vendre le ciel, la chaleur de la terre ? L'idée nous paraît étrange. Si nous ne possédons pas la fraîcheur de l'air et le miroitement de l'eau, comment est-ce que vous pouvez les acheter ?* »

L'Inuit tout comme l'ours pourrait nous lancer leur appel :

« Où commence la terre ferme ? Où finit l'océan sous cette banquise et cette neige omniprésente ? » Le hummock craque. Des fissures s'ouvrent et respirent. Le paysage fascine lorsque, sur ses patins de glace, la terre vient s'abreuver à l'océan. Les vagues crispées vers une destinée sans fin dessinent un rosaire de plis glacés que nulle main n'égrènera. C'est l'alerte à l'horizon quand se profile la proue d'un vaisseau fantôme aux lignes énigmatiques et mystérieuses d'une banquise vivante.

Hérissée vers le ciel qui la brave, la glace déchiquetée vibre dans un vaste effroi provoquant les formes surprenantes issues de la main la plus inspirée d'un sculpteur anonyme. Le crépuscule abandonne tant de pierreries dans le souvenir d'un horizon parallèle de l'océan et du ciel que la glace se rompt à force de s'y mirer. La vision de la banquise blanche s'en va tel un chien battu. La nue et l'océan en houle grise sont en recherche d'une ancre pour s'arrimer au repos absent.

L'eau qui coule et celle qui gèle transportent nos souvenirs d'hommes et de faune libres. Nous sommes une partie de la banquise, et elle fait partie de nous. Les fleurs éphémères sont nos sœurs ; le phoque, le manchot et l'albatros sont nos frères.

Les glaciers, les plantes, la chaleur du bœuf musqué et l'homme, tous appartiennent à la même famille. Nous sommes une partie de la terre, et elle fait partie de nous.

Cette glace scintillante qui se disloque et s'en va dans l'océan n'est pas seulement de l'eau gelée mais le sang de nos ancêtres. Pour celui qui vient d'autre part, une parcelle de terre ressemble à la suivante, car c'est un étranger qui arrive dans la nuit et prend à la terre ce dont il a besoin. La terre n'est pas sa sœur, mais son ennemi. Et lorsqu'il l'a conquise, il va plus loin. Son appétit dévorera la terre et ne laissera derrière lui qu'un désert.

Où sera le hummock avec son phoque ? Disparu. Où sera le guillemot ? Disparu. Qu'est-ce que sera dire adieu à l'ours agile et à la chasse ? Ce sera fini de vivre et se mettre à survivre. Qu'est-ce que l'homme sans la faune ? Si tous les animaux de la banquise disparaissent, l'homme mourra d'une grande solitude de l'esprit. Car ce qui arrive aux animaux arrivera bientôt à l'homme. Nous le savons :

« la Terre n'appartient pas à l'homme, c'est l'homme qui appartient à la Terre. »

Nous le savons : toutes choses sont liées comme le sang qui unit une même famille. Tout ce qui arrive à la Terre arrive aux fils de la Terre. L'homme n'a pas tissé la toile de la vie, il n'est qu'un fil de tissu. Tout ce qu'il fait à la toile, il le fait à lui-même. Gardons en mémoire le souvenir de cet univers de glace, tel qu'il est au moment où nous l'envahissons. Et de toute notre force, de toute notre pensée, de tout notre cœur, préservons-le pour nos enfants.

Les efforts de beaucoup sont gage d'une prise de conscience positive qu'il nous faut encore et toujours conforter.

Le mystérieux secret de la glace

« Le temps du monde fini commence »

Paul Valéry.

Révélation concrète de ce constat sans équivoque, la banquise vit en reproduisant sans cesse cette masse blanche comme la pureté virginale, mais dure comme l'épée pour se défendre. L'avancée des gigantesques pans de glace bleutée dans la mer qui les recueille pour mieux les absorber en son sein donne le spectacle d'un huis-clos vraiment absolu qui procure à jamais la nostalgie d'un monde à la fois fascinant et hostile.

Dans le fracas monstrueux de la glace s'enfouissant sous la surface mousseuse, l'homme est comme dans un laboratoire où, sous son microscope, il assiste en réduction a un rétrécissement du monde. C'est le moment d'écouter en silence. Il y a une respiration dans la douleur lorsque, hérissée vers le ciel qui la brave, la glace déchiquetée vibre dans une grande terreur avant de plonger dans l'océan.

La révélation de la disparition lente et inexorable de la banquise explique que le monde est fini, que la terre est trop petite pour l'humanité, que la science l'a épuisée dans ses ressources et ses distances. C'est la fin de la géographie.

Les lignes énigmatiques et mystérieuses des sculptures taillées par le vent évoluent sans cesse pour créer de nouveaux paysages dans un nouvel univers.

Les arches respirantes des ponts de glace font de l'homme un éternel randonneur.

Souvent, la terre noire glisse sur ses patins pour venir se désaltérer dans l'eau froide. Cette plaine de glace aux confins du globe donne cette impression de se trouver à une extrémité de notre planète et du temps.

Le progrès de la vitesse constitue une pollution dont personne ne veut parler car chacun veut aller plus vite que son voisin. Pour quoi faire ? Certains ont besoin du chronomètre pour mesurer le temps de leur vie qui s'écoule. Que diable ! D'autres ont le temps pour vivre leur vie. La contraction du temps apporte un appauvrissement de l'étendue.

Un énorme glaçon échoué sur les hauts fonds de la baie achève de se disloquer, s'accordant au désespoir des lieux. Confrontés à cette essentielle nudité du dur, nous sommes entrés dans la fin du temps.

Car ce qui est dégradé, c'est la « grandeur nature ». Il faut avoir l'esprit obstrué par des comptes en banque pour ne pas être subjugué par le théâtre sublime de la banquise qui s'offre un coucher de soleil sans fin. Ou, quand, peintre abstrait génial, le grand metteur en scène de l'humanité se lance dans un extraordinaire spectacle avec le ciel en fond de tableau.

Alors, sous un ciel déchaîné de rouge et de vert, le déferlement des couleurs de la nuit polaire découpe les sommets et embrase le firmament.

Chez Boudin, le « roi des ciels », c'était mouvance, fluidités, transparences du ciel et de la mer. Il inventa ainsi la scène de plage sans savoir qu'elle existait déjà pour des êtres vivants bien au-delà de sa bucolique Normandie.

Lorsque, lentement irisé par la lumière du soleil accoudé sous l'horizon, le paysage onirique de la glace semble s'inverser, noyé dans la brume tremblante et écrasé par l'horizon qui s'éternise ; quand l'astre incendie l'océan et reflète ses flammes sur la banquise ; quand ce paysage grandiose, énergétique, d'eau et de feu nous fait comprendre que nous sommes enfin arrivés dans

« ...ce vide où la paix trouve son origine dans le rien de la lumière »

Lorsqu'une chasse de nuages reçoit les lueurs du soleil mourant surgit alors la grandeur souveraine, la brutalité fragile du Grand Nord qui n'en finit pas d'imprégner l'esprit de l'amoureux de la nature sensible à la nostalgie d'un monde en sursis. Le regard tourné vers le ciel et perdu dans l'immensité arctique fait bruire l'énigmatique chant des glaces qui crissent et claquent dans ce panorama écrasant.

Notes cristallines, telles des grandes larmes gelées, qui renvoient à la psyché pour permettre d'écouter la musique des astres et celle de la banquise qui vivent. Toutes deux nous parlent et peu d'entre nous l'entendent.

Pour mieux dénoncer l'absurdité de la situation dramatique de cette partie du monde, l'Arctique se présente désormais en première ligne du dérèglement climatique : l'augmentation des températures y est deux fois plus rapide qu'ailleurs. Le paradoxe de la fonte des glaces en fait la cible des industriels qui convoitent son sous-sol riche en pétrole, l'une des énergies les plus polluantes et responsable de ces dérèglements.

Une marée noire dans cet environnement fragile serait un désastre irrémédiable pour la totalité de la planète.

Non, Kafka n'est pas mort : il nous poursuit de son ironie mordante comme le froid du Spitzberg.

« *S'il existe un endroit sur Terre qui appartient à tout le monde et à personne : c'est bien l'Antarctique, le continent blanc. Nous retournons la mappemonde pour l'examiner et c'est nous qui nous retrouvons à l'envers. Toutes les longitudes convergent pour nous conduire à lui. Nous l'encerclons à l'aide de nos latitudes méridionales, nous le testons à l'aide de notre science, et nous découvrons à notre tour qu'il nous teste. Il ne teste pas que notre science, mais aussi notre conscience, notre poésie, notre art, notre arrogance et nos idées préconçues.* »

Kim Heacox, photographe de l'Alaska

La lisière des glaces représente un monde tellement différent : ce n'est pas la terre ferme et ce n'est pas l'océan non plus. Là se trouve la vie et elle foisonne n'en déplaise à certains esprits obscurantistes. C'est tout simplement l'incertain des intangibles.

L'Arctique affalé sur sa banquise compose un bout du monde mythique : ses espaces blancs invitent à se perdre dans cette nature à la fois si lointaine et pourtant accessible. Ses rifts et ses icebergs, son eau glacée ouvrent le monde sur l'infini, sur le mystère de la création. L'haleine glaciale de l'aube se réfléchit sur la pâleur du sépulcre liquide. Sous l'horizon ivre de bleu des étendues sans nom dans l'infini du soir. Dans le nonchaloir de l'océan, berceau de l'humanité, la mélancolie glacée s'égare pour s'émouvoir.

S’aimer comme des bêtes…

« *Si les animaux n'existaient pas,*
encore plus incompréhensibles

Comment, à l'heure où l'on s'inter
bébé, de la vieille personne, ne doi
droits à donner aux animaux ? La ré

Non, la faune des pays de glace n'
mais bien d'êtres vivants qui resse
angoisse, bonheur et souffrance, joi
du pays de la glace échangent et s
tout comme certains d'entre nous –

Aussi, respecter l'animal quel qu'il so
On peut, à juste titre, s'indigner de
nous fait considérer le monde anin
chaîne de la vie sur terre.

C'est dans les océans que, bien avan
apparurent sous la forme de cellule
la profusion d'espèces sorties de l'él
ancêtre commun avec le grand sing

La faune de l'Arctique et de l'Antarctique est un véritable feu d'artifice à la surface de la banquise et sous l'eau océanique. Fougueux, mouvant et irrépressible.

Parler de la faune des régions polaires, c'est se regarder dans un miroir.

Les animaux vivant sur la glace sont avides des mêmes ressentis basiques que les nôtres en matière de faim et de soif, mais aussi d'émotions de sexualité, de désir et de plaisir.

Outre les rituels nuptiaux, ils sont aussi capables de passion amoureuse lors de leur stratégie de séduction : ils inventent chants et danses synchronisées, caresses sensuelles et autres parades de séduction. Accouplement pour assurer la procréation mais aussi débauche de jeux sexuels. Rituels théâtraux.

Le peau à peau entre les éléphants de mer, le cou de la femelle mordillé par l'ours, les caresses frénétiques des baleines en extase. Notre passé animal... se retrouve dans ce coup de foudre sur un simple odorat. Un simple attouchement.

Dans le ciel devenu scène pour Roméo et Juliette, les albatros inventent de véritables danses rituelles de grand opéra : l'incroyable synchronicité corporelle conforte l'harmonie future du couple.

Les manchots assurent leur descendance à partir d'un mode de reproduction particulier. Ces oiseaux marins, forment des couples monogames et partagent la responsabilité d'élever leurs jeunes en se relayant tour à tour pour quitter le nid et chercher de la nourriture dans l'océan. Une quête périlleuse qui représente plusieurs jours de voyage. C'est parfois ce que les hommes dénomment l'esprit de sacrifice ! Au terme de son périple, revenant vers les siens, le parent rentre nourrir son poussin qu'il retrouve de manière infaillible au sein de l'immense colonie. Un petit jabotage de celui-ci devient le seul cri pour se faire reconnaître au milieu de la cacophonie de cent mille autres poussins.

La saison des amours des phoques est brève, mais très mouvementée. Dès qu'ils aperçoivent les femelles alanguies, les mâles se rassemblent.

Débute alors un ballet magique à la surface de l'eau. C'est une explosion de mouvements qui s'échappent en tous sens et suscitent quelque chose de très organique, ressemblant au parcours muet des constellations là-haut dans le ciel. Les mâles sautent et virevoltent. Ils se lancent dans des rondes et des courses frénétiques. Toutes ces démonstrations visent un même but : attirer l'attention de l'élue. Celle-ci répond en adoptant une position particulière. Elle arque son dos, rejette la tête en arrière et dresse en l'air ses nageoires postérieures.

L'accouplement se fera parfois sous l'eau. Serait-ce par discrétion ou par pudeur ? Parfois sur la glace. Il faut alors du tempérament !

Parades, papouilles, caresses et claquements de bec, chorégraphies et courbettes sont les mêmes préludes à l'union pour la vie et la reproduction. Sans quoi la vie n'aurait guère de sens et l'aphorisme perdrait son romantisme : faire l'amour en italien,

« c'est savoir que certaines journées peuvent durer vingt-cinq heures »

Et, aux deux pôles, les amoureux bénéficient de très longues journées : car, au solstice d'été, Dieu créa le jour polaire, période de juin durant laquelle le soleil ne se couche pas. Quelle chance pour les amoureux que ce soleil de minuit !

En pleine saison des amours, il faut entendre la banquise résonner aux chants d'oiseaux et les profondeurs de l'océan vibrer du rythme et de la puissance des cris d'amour des cétacés. C'est le grand orchestre animal ! Des séquences sonores rares parcourent les immensités glacées. L'amateur de sons authentiques apprécie le ressac de l'océan, le souffle du vent, le grincement des glaciers en mouvement, mais aussi le chœur animalier sur terre comme sous l'eau. Une véritable bibliothèque sonore du vivant ! Et celui qui tend l'oreille entendra l'éternelle phrase de Jean Gabin à Michèle Morgan : « T'as de beaux yeux, tu sais ! »

La saison des amours des baleines se déroule dans les zones tropicales. Pourquoi se geler quand on peut se réchauffer ? Les baleines se retrouvent et les mâles entonnent de longues complaintes composées de sons étranges pour attirer les femelles.

La naissance du petit baleineau sera la réponse concrète aux indiscrets frustrés de ne rien voir sous la surface de l'océan complice. Le visible et l'invisible depuis des millénaires.

Cet océan, milieu cyclique et immuable, qui permet d'échanger et de créer.

La seule bivalence qui vaille dans cet univers polaire est que la glace omniprésente dans l'océan Arctique ou Antarctique est présente sous deux formes : la glace d'eau douce des glaciers continentaux et la glace de mer de la banquise, formée d'eau salée. Pourtant, poussée par la passion de glisser toujours plus avant, les glaciers géants dardent leurs langues étroites et épaisses qui déversent dans la mer de gigantesques pans de glace. Là aussi, dans de titanesques jets d'eau et de tonitruantes explosions nivales, la naissance des icebergs s'accomplit au creux de l'océan. Un nouvel espace flottant vient alors de naître.

Dure comme l'acier, transparente comme le verre, la glace est le témoin de cette vie exubérante qui, à chaque instant, s'étonne de sa propre existence. En période froide, si le phoque barbu et le morse ne sont pas enveloppés d'une épaisse fourrure, ils sont protégés, comme les cétacés, par une épaisse couche de graisse. Cela leur permet les plus belles glissades sans risque aucun pour passer de la sieste ensoleillée au bain de jouvence glacé. Quelle joie gamine que de se lancer avec un clin d'œil taquin :

« *Mais qu'est-ce qu'elle a ma gueule ?* »

Cette glace terrestre ou océanique est aussi douce pour le loup que pour le caribou. Aussi hospitalière pour le renard que pour le lagopède. Aussi nécessaire pour l'ours que pour l'otarie. Aussi mobile pour le manchot que pour le lion de mer.

« Il fait trop froid...
Il fait trop froid sur la banquise
Les phoques ont bouclé leurs valises.
Ils n'emportent qu'une chemise,
Du gel solaire, un bermuda.
Ils vont aller au Sahara
Manger des glaces au chocolat. »

Maurice Piquemal

Le chant premier de la banquise

« Ô lac ! rochers muets ! grottes ! forêt obscure !
Vous que le temps épargne ou qu'il peut rajeunir,
Gardez de cette nuit, gardez, belle nature,
Au moins le souvenir ! »

Alphonse de Lamartine

Le poète ignorait que son appel vaudrait un jour pour la banquise en désespérance. Ne garder que le souvenir de sa vision de glace en errance !

Alors que, pour nos ancêtres grecs, la Nature était la source de toute réalité, pour Saint Augustin, il s'agissait de la personne : celle-ci étant la Nature devenue consciente d'elle-même. Pour bien comprendre cette mutation et ne pas se frotter les yeux pour sortir d'un mauvais rêve, il faut reconnaître les dérives du progrès qui ont fait de l'homme l'agent destructeur numéro un de la Nature. Et comprendre le sens de cette épopée spirituelle qui réside dans cette confiance absolue en l'avenir possible de l'homme. Pour cela, il existe peut-être une porte de sortie vers d'autres mondes parallèles...

Banquise : mais qui suis-je ? Les deux pôles énigmatiques de la Terre intriguent sauf lorsque l'on en connaît l'origine issue de la racine indo-européenne « herkto », l'ours ou « arktos » en grec. De là l'extrapolation de nos ancêtres grecs avec « arktikos », « du Nord » par allusion à la position de la Grande Ourse, pour donner le mot « arctique ».

Et voilà comment ce plantigrade est assimilé en Alaska à la Lune, puisqu'il disparaît avec l'hiver et reparaît au printemps. Animal symbolique du Grand Nord, il entend tout pour les Yakoutes de Sibérie mais, pour les Soïotes :

« *La terre est l'oreille de l'ours* »

Si l'Antarctique est un continent entouré d'un océan, l'Arctique est un océan entouré de continents. La glace du pôle Nord est donc flottante et il n'y a pas de continent en dessous-d'elle. C'est la hantise du vide qui est la marque de cette contrée immaculée.

A pas lents, la banquise lance ses pattes dans la mer.

C'est l'instant où la nue et l'océan en houle grise sont en recherche d'une ancre pour s'arrimer au repos absent. Ce désert de glace dégage une esthétique rare, solennelle, abstraite et froide. Une beauté blanche faussement muette. Bruits de la glace qui s'effondre dans l'océan et fureur des icebergs condamnés à l'errance. Mais la glace poursuit sa fonte avec sa toute puissance froide.

L'océan s'empare des cathédrales de glace de ces deux frères polaires, l'Antarctique et l'Arctique, pour en faire émerger une nouvelle sorte de spectacle, une aventure épique pleine de pureté et d'émotion que l'homme ne saura jamais créer.

Quant à lui, enfant terrible et indiscipliné, l'iceberg né de la terre, se fraye un chemin aquatique dans un paysage féerique entre vagues et glaces qui le frôlent et l'absorbent. Un enchantement sans cesse renouvelé.

Quand on connaît comment la glace sait se faire parole, certains s'interrogent sur cette propension de l'eau, sous ses formes liquide ou figée dans la neige et la glace, à frémir sur notre terre. Un beau mythe de l'islam s'est hasardé avec bonheur pour trouver une explication du cœur :

« Dieu créa une perle blanche ayant les dimensions du ciel et de la terre. Elle a de nombreux yeux, si énormes que si l'on y posait les montagnes immobiles, elles ne se verraient pas plus grandes que des moustiques sur l'océan. Puis Dieu lui donna un nom et l'appela. Elle tressaillit si fort à son appel qu'elle en est devenue mouvante. »

Voici la raison du chant de l'océan, tempête ou murmure amoureux. C'est la mer allée avec le soleil. L'éternité, cette vie qui persiste à exister, a la chance d'être privée de limite. L'eau ou la glace sont cette affirmation de l'existence dans la négation du temps.

« *De l'océan viennent les nuages. Des nuages nous viennent la pluie. De la pluie naissent les rivières. Et des rivières naît l'océan. Ainsi va le cycle des eaux. Ainsi va le cycle du monde* »

texte indien de plus de trois mille ans

L'homme n'y peut rien sauf à dérégler cette mécanique qui, pour le punir, le fera disparaître. Oui, l'éternité de la nature est dans son action permanente. La goutte d'eau gelée ou liquide peut être déluge et réduire l'homme à son insignifiance. Mais, figure changeante, elle peut aussi être pure rosée ou perle neigeuse. Un jour, vapeur. Un autre jour, glace. Elle pleure et rend triste. Ardente, elle lave avec le sourire. Elle est partout, en nous, autour de nous. Elle est l'océan mais elle habite aussi nos cœurs de pauvres humains qui la recherchent quand ils l'ont gaspillée. Elle est notre existence parce qu'elle est notre premier miroir et source de vie dans le ventre de notre mère.

Banquise figée ou flottante, il est difficile de refuser l'étreinte de ses bras blancs. Elle ressemble à un poème de Gérard de Nerval. Dense, fluide, fortement pensé. Et quand on s'imagine en avoir percé le sens, il file comme la glace fondant dans nos mains. Nous abandonnant entre les doigts des traces humides que la chaleur d'un feu fait disparaître. Marcher sur la banquise revient et aide à perdre ses repères. Et peut-être à redécouvrir sa dimension intérieure. En la dénaturant, l'homme devrait avoir en mémoire l'aphorisme prémonitoire de Lao-Tseu :

« Rien ici-bas n'est moins résistant que l'eau, pourtant il n'est rien qui vienne mieux à bout du dur et du fort. »

Cette nature intacte confère au paysage blanc l'aspect dramatique et romantique qui sied si bien à l'Arctique ou à l'Antarctique. Comme si la banquise, qui n'est plus vierge mais toujours brûlante sous ses aspects changeants, était imperméable au temps qui passe pour nous démontrer sa fierté de n'avoir rien cédé de sa splendeur de l'époque de son premier découvreur, qu'il se nomme Peary ou Cook, ou encore Amundsen et Nobile.

Afin de nous ramener à la modestie, autant nous souvenir que la découverte de l'Arctique débuta - eh oui ! - en 330 av. J.-C. Avec Pythéas, navigateur grec parti de Marseille, qui navigua vers le nord jusqu'aux îles Shetland.

Ce fut vers 982, que le Viking Erik le Rouge quitta la Scandinavie pour fondre une colonie au Groenland (« le pays vert ») qu'il nomma ainsi pour attirer d'éventuels colons.

Même humilité pour l'Antarctique : en 1820, Nathaniel Palmer découvrit une terre non indiquée sur les cartes. Dans la même période, Fabian von Belligshausen navigua dans cette zone ainsi que Edward Bransfield. Ces trois navigateurs sont considérés comme les codécouvreurs de l'Antarctique. Mais ô surprise, en 1513, une ancienne carte attribuée à l'amiral et cartographe ottoman Piri Reis en retrace déjà les côtes. Et mieux encore, les Grecs soupçonnaient déjà de sa présence.

Ils le nommèrent Anti Arktos : opposé à la constellation de l'Ourse.

Ces côtes furent cartographiées durant l'antiquité mésopotamienne, grecque, et romaine à partir de cartes établies par d'illustres inconnus d'une époque antérieure. Alors, qui dit mieux ?

C'était le temps où l'ours et le manchot conversaient de concert. C'était le temps où la baleine et l'otarie folâtraient en toute liberté. C'était le temps où l'homme n'avait pas encore marché sur la banquise. Un petit pas qu'il fit mais un pas catastrophique pour l'humanité !

Habitué à tout recouvrir de sa multitude, à tout transformer de son industrie, l'être humain, en Arctique ou en Antarctique, trouve son maître. Cette banquise infranchissable pendant si longtemps qu'aujourd'hui on peut forer et disloquer, saigner et maintenant bétonner, mais que l'homme a du mal à faire disparaître.

Elle se dresse devant l'insolente toute-puissance humaine contre laquelle elle mène une bataille de plus en plus désespérée.

Mais la bête résiste, alors, il faut la faire fondre ! Ses espaces vierges deviennent rares. Son silence et la pureté de ses glaces ne sont plus préservés. D'étranges stèles de glace découpées par la bise s'entremêlent aux assemblages de neige compactée.

Dressées dans le brouillard réfrigéré, elles rappellent les cromlechs d'Okabe dans le site mythique du massif d'Iraty.

Sculptures contemporaines, des pans translucides taillés par le vent dans les glaciers et remodelés par le ressac de la banquise sont de curieux menhirs de glace contemporains sur cette surface blanche infinie : histoire peut-être de rendre hommage aux découvreurs mystiques de cet univers inviolé.

Un goût d'éclosion et de choses juteuses...

Les pôles n'échappent pas au rythme des saisons. Pour fêter le printemps, leurs crêtes ont mis leurs gants blancs par milliers et leurs icebergs leurs chapeaux immaculés. Avec son arme de destruction massive, le pergélisol, la ligne de démarcation, appelée « limite de l'arbre », interdit à ce dernier toute intrusion sur le sol gelé des régions non boisées pour puiser en profondeur les éléments nécessaires à sa croissance. Donc à survivre.

L'année se partage en un très long jour et une très longue nuit. Dans ce schéma inversé, l'obscurité règne sans interruption pendant les mois d'hiver, alors que les quelques mois d'été sont constamment baignés par la lumière solaire. Les lichens, mousses ou algues peuvent survivre et se développer.

« Oh comme il était impossible à retrouver
Le temps du soleil le temps du futur, des fleurs de papier ! »

Jean Tardieu.

Pupille solaire ouverte toute grande sur la terre. Ainsi, interpellée, la toundra autorise des centaines d'espèces de plantes à fleurs, d'arbustes rampants, de graminées, d'herbes et de laîches mais aussi de lichens et de mousses à déployer leurs modestes racines sous réserve de parsemer de couleurs éphémères roches et terres mises enfin au ciel.

Dans la chair souterraine de ce continent nordique le printemps correspond à un extraordinaire essor de la vie végétale éphémère.

Y sourd le destin de graines rêveuses qui espèrent déployer leur pelure dont la durée de vie ne dépassera pas un mois. Trop longtemps ensommeillées dans la nuit glaciale, elles pointent, audacieuses et ardentes, mille yeux aux couleurs d'or et de frayeur. Hiéroglyphes multicolores qui craquellent la terre gelée et fissurent les roches amères pour faire apparaître les fleurettes bohèmes et blêmes.

La verdure fleurie et la mousse verdie ont dénoué les reflets immobiles de la glace. Elles ont métamorphosé la terre où neige le ciel. Au tréfonds de flaques d'océan abandonnées par le reflux luisent des yeux d'eau sans bords, des réseaux enchevêtrés d'herbes nouvelles, de lichens fous. Nouvelle géométrie de l'éternelle liturgie du recommencement. Du renouveau.

Ce grand désert glacial cherche à conserver son manteau nival au profit d'une banquise palustre et lacustre, fluviale et côtière. L'inlandsis et les calottes insulaires larguent d'imprévisibles émissaires en icebergs de petites dimensions. Banquise quittant la terre ferme pour regarder de loin cet univers inconnu d'elle.

Sur la rive sombre au creux d'un amas rocheux, des pierres nues se parent de mousses de sang. Les saxifrages osent leur couleur rose. Plus loin, au sortir d'un tohu-bohu de rocs échevelés, sourdent les cris sombres des verts émeraude d'un ramassis de lichens qui rongent la tombe d'une baleine dépecée. Regrets dans les brumes printanières de ce dôme piqueté de fragiles fleurettes aux cinq pétales blancs. Modestes, les Cassiope Trétagone baissent leurs corolles immaculées vers le sol.

« *Frêles, elles mourront demain*
Dans l'eau d'un vase, ou dans la main
Distraite et blanche d'une femme,
Et, bienfaisantes pour chacun,
En rendant un dernier parfum,
Elles exhaleront leur âme. »

Alfred Mérat

Il n'est point nécessaire d'attendre. Car, ici le temps est compté : la plupart des plantes et fleurs ne vivent que le temps de se faire belles pour leur deuil annoncé.

La parcimonieuse chaleur du jour polaire avec son pâle soleil sans jour de grève apporte une beauté en aube à la banquise. Du blanc partout ou presque. Car, le fantôme de la nature est souvent gris dans le Grand Nord. Sous l'œil compassé de la renoncule présentant sa butter-cup dorée et des appels vaporeux de sa compagne, la soyeuse linaigrette, c'est l'invitation au voyage du soleil mouillé de neige.

Le bruit de l'océan qui fracasse et les menées du vent qui ressasse font trembler le regard qui s'appesantit sur l'éclat d'un ruisseau craquelé s'avançant à pas comptés vers le flot bleu d'une crique verdoyante.

Pose de fausses contraintes d'une eau qui cisèle, lime et sculpte des rêves rapidement déçus. D'inutiles prairies jouent au prisme pour faire éclore de faux bouquets de pavots emblématiques éparpillés pour mieux survivre.

Le paysage austère et majestueux, piqueté de pierrailles noircies qui affleurent et balayé par un vent de printemps à 0°, tente de faire douce illusion. Même le saule polaire lilliputien voudrait nous faire croire qu'il est un séquoia majestueux culminant à... quelques centimètres de hauteur. Flore rampante pour un monde de lutins !

La nature sauvage voudrait rivaliser avec les couleurs intenses de l'océan et du ciel en fusion. Ne subsistent que des vagues de glace arrimées à un horizon sans fin.

Découvrir une fleur, admirer une efflorescence revient à violer la virginité d'un univers fatal, écrasant et glacé. Il faut passer de côté et laisser l'ombre nuptiale faire son œuvre de reproduction. Ici, il n'est point de douce rosée et de rai printanier. Tout n'est que sanctuaire pour un rêve éveillé. Un autre monde. Une autre planète diffusant une lumière trouble qui transperce nos songes.

« Être de l'opium les prairies légères.
Il n'y a rien de tel pour un cœur trop blessé ;
On veut me réapprendre la vie étrangère
Et que j'invite, au bal, les filles à danser. »

Cocteau

Et tant pis si la roche est bleuissante et le ciel sombre. Tant pis si le paysage de terre noircie est déchiqueté et ruiniforme. Nos yeux restent fascinés par ces falaises énigmatiques qui crient au soleil de là-bas et cette désolation glacée qui se permet des couleurs d'un instant. Elles nous poussent dans une quête d'absolu et d'humilité.

Parfois, avec le vent primesautier, on pourrait s'imaginer que le ciel et l'océan vont enfin se marier. Il jette sur l'eau qui a si froid son voile diurne qui se voudrait ensoleillé. Doucement, dans l'aube qui tarde et sans bruit pour ne pas réveiller la fureur qui habite toujours le fond de l'onde. En Arctique, pris dans la folie du Grand Nord, comme dans le désert par le mirage de l'oasis, nous sommes toujours dans un conte de fées où la neige se fait silencieuse et doucement amie. Elle se fait taie d'aveugle pour rendre la terre muette. Et pour se fiancer avec elle, d'une seule et même traite, le vent du Nord lui façonne des seins de jeune femme Inuit sur lesquels il s'effondre.

Ce sont des soirs de printemps inconnus chez nous. Mystère insondable du pourtour des rives noirâtres. Au large, flottante, la banquise est une formidable diseuse de bonne aventure capable de prédire ce qui attend le voyageur : l'océan en ébullition et la montagne de glace en éruption depuis son glacier terrestre. La banquise est patiente car elle sait l'éphémère du temps polaire.

Le vent s'infiltre dans les naseaux des falaises et les porosités des faces ruisselantes des roches pour chercher à grandir avec son souffle dans l'océan. Il se fait aussi plainte sur les grèves arides, couvertes de crânes dérobés à la faune. Elles sont sépultures que vient fleurir le recueillement éolien du printemps.

« *Un goût d'éclosion et de choses juteuses*
montera de la courge humide et du melon,
Midi fera flamber l'herbe silencieuse,
Le jour sera tranquille, inépuisable et long. »

Anna de Noailles

Les équilibristes et les acrobates

« *En effet, en soi, la nature des dieux dans son ensemble jouit nécessairement de la paix dans une durée éternelle, à l'écart, bien loin, coupée de nos affaires. Car exempte de toute souffrance, exempte des dangers, puissante par ses propres ressources, elle n'a nul besoin de nous, insensible aux faveurs, indifférente à la colère.* »

Lucrèce

Et si, désormais, le thème de la nature des choses nous paraît parfois « un sujet obscur », il vaut mieux s'en remettre à Lucrèce, le poète philosophe qui annonce que la connaissance du monde doit permettre à l'homme de se libérer du fardeau des superstitions, traditions et religions, constituant autant d'entraves qui empêchent chacun d'atteindre la tranquillité de l'âme.

Quelle leçon d'humanité et de philosophie ! Quelle est notre légitimité à mépriser et à disposer des animaux ?

Le Grand Nord qui, peut être au Sud, est mythique : désert de glace qui porte en lui la solitude, le silence et la nuit. La banquise, patinoire du bout du monde, est une symphonie à elle toute seule. Quand elle craque, on est dans la nef d'une cathédrale mouvante. C'est le miracle permanent du blanc, plus blanc que blanc. Éphémère apparition que cette glace ciselée au burin des tempêtes et polie sous la mitraille du blizzard. Et lorsque la glace vivante chante, vibre et claque, frotte et se broie : c'est Bayreuth et les Nibelungen. Quand la neige brillante fume au soleil, l'envoûtement hypnotique fait apparaître la petite Alice qui répond à l'invitation de Jules Verne pour un voyage au centre de la Terre : on écoute alors la glace crisser du Mozart au plus près des icebergs.

Dans cet univers de glace existe un monde insoupçonné dans une nature de toute beauté. L'interminable hiver se charge de poésie blanche ainsi que le dit l'écrivain Rykhéou : « Chez nous, l'hiver dure douze mois. Le reste du temps, c'est l'été. »

Pourtant, ce désert est diablement vivant.

Il y a près de quarante huit espèces de mammifères présentes dans l'Arctique, se répartissant en petits et grands mammifères, herbivores et carnivores.

Et comment ne pas parler de son hôte emblématique, l'ours polaire qui donna son nom à cette région. Qui sait que sa mère fut la belle Callisto ? Roi de la banquise faite du sang des étoiles, ce malabar à l'épaisse fourrure blanche marche comme Alain Mimoun, nage comme Camille Lacourt et grimpe comme Tarzan. Est-ce pour ces qualités d'athlète que les « Eskimos » nous appellent les « Ulrunnapiats », ceux qui tremblent sur leurs jambes. Certes, l'ours est dangereux. Il est vrai que l'homme est inoffensif ! C'est pourquoi son courage face à cet « ours de mer » se résume au harpon et au fusil.

« Ours de mer », car il est à l'aise dans la mer polaire, la plus riche du monde : ses eaux froides à zéro degré offrent un maximum d'oxygène permettant une profusion de plancton, de krill mangés par les poissons, eux-mêmes croqués par les phoques, eux-mêmes chassés par les ours sur la glace. Ainsi, la boucle gastronomique est bouclée !

Farouche solitaire, « Nanook », comme l'appellent les Inuits, c'est l'Alceste de cet univers de la banquise disloquée en hummocks, ces énormes plaques qui s'entrechoquent au gré des vents et des courants : ce grand voyageur du Nord n'accepte de prodiguer ses hommages à la femelle au gré de son œstrus printanier que le temps d'un plaisir.

Après un maximum de deux semaines d'avril, le temps de la reproduction, le vagabond des glaces poursuit son périple errant dans son royaume blanc.

Quoi de plus détendant que de faire une pause, après s'être empiffré de graisse de phoque ou de baleine échouée, étendu sur un névé où ce nomade s'est aménagé un tapis de neige moelleux et bien frais ? Question de qualité de vie !

Éclectique, il ne rechigne pas à agrémenter son quotidien avec de jeunes guillemots au nid et avec des « légumes », végétation poussant sous les falaises à oiseaux grâce à leur fiente.

Et comment ne pas craquer quand, au soleil d'avril, une boule de poils immaculés aux gros yeux noirs ébahis glisse ses dix kg sur le névé en fonte. Qui n'a pas eu son nounours : alors pourquoi pas « Nanook » ?

L'observation et l'écoute permettent de s'adapter à la nature pour mieux apprécier l'inattendu. L'univers glacial de la banquise, faussement inhabitée, est sujet à surprises permanentes quand surgit Goupil, le renard polaire, qui suit en maraude « Nanook » pour profiter du reliquat de ses proies. Au moment de la reproduction, seul moment de vie en couple, le mâle rapporte de la nourriture à sa famille.

« Chose étrange à penser, il paraît difficile au regard le plus dur et le plus immobile de soutenir le sien »

Musset aurait-il croisé le regard d'un phoque annelé ou barbu, tant leurs yeux mouillés sont des lacs souterrains ? A moins que ce ne soit l'œil clos et la trompe entre les dents de l'éléphant de mer, étalé sur la roche tiède et qui rêve du pays délaissé.

Mais quels sont ces yeux furibonds de ce phoque dérangé ? L'homme est là dans les replis du cou, l'œil le regarde. Tout s'y reflète : curiosité et inquiétude.

Alanguis ou folâtrant sur la glace, virgules de chair sombre sur la blanche banquise, le phoque de Wedell et l'éléphant de mer se mettent en reptation grotesque vers l'océan dès que l'envie de poisson se fait sentir. Là, ils deviennent d'excellents nageurs godillant avec leur corps fusiforme. Une fois gavés de fretin, ils remontent sur la glace ou sur la plage un peu honteux de leur pesanteur qui les fait avancer avec leurs deux membres antérieurs. Entre sable ou neige, éprouver la jouissance pure dans l'air marin chargé de nouvelles essences, sentir ses formes pleines à pleine peau pour les offrir aux caresses du vent. Vagabonds de leur corps, les phoques s'unissent pour mieux s'enfoncer dans leur rêve commun. Et ils restent là à rêver en contemplant leur bel univers qui devient une invitation à voyager dans l'espace et le temps.

Mais quelle idée a eu Dame Nature en créant cet être mi-oiseau mi-poisson ! Le manchot, habitant impénitent de l'Antarctique, est étonnant : ses pattes et ses ailes sont les doigts d'un violoniste égaré sur la banquise. Il gicle sur les à-pics glacés, jongleur en montée, acrobate en descente.

Quand vient l'heure du bain, il est un vrai gamin. Car, avant d'être un bain d'océan, c'est d'abord un bain de foule où chacun se met en scène.

Les manchots viennent parader, heureux de pouvoir s'ébattre dans cet immense espace d'eau et de glace.

Pour eux, la banquise est un royaume partagé : il n'y a pas de roi mais que des princes chamarrés de couleurs héraldiques : argent et sable, gueule et or. Ces funambules de l'air et de la glace foncent en masse compacte vers l'océan qui les magnétise. Ici, point de maillots de bain « bling-bling ». La plage de la banquise est d'abord une baignade entre petits bonhommes en frac.

La neige qui fait toboggan et l'eau clapotante sont d'abord un espac de communion. Rituel aquatique dans un espace *in vivo* pour u bain à égalité. La mer, gelée en hiver, offre aux oiseaux une surfac plane pour se reproduire. Les manchots empereurs parcourent e file indienne la distance les séparant de la mer libre. Spectacle pe ordinaire que ces processions circulant entre les îles.

Les marches déambulatoires et les glissades clownesques sont de l même facture que « Jour de fête » de Jacques Tati : revêtus de leu livrée noire et blanche, ils font la fête sur la scène de la banquis en créant à chaque spectacle un néo-réalisme burlesque en noir e blanc. *Rag-time* d'un moment de détente.

Fin comme un trait de fusain noir, le manchot plonge dans l'océan pour s'en extraire tel une jolie torpille ailée bondissant hors de la mer.

Car parfois, le danger mortel le guette sous l'eau quand le léopar de mer veut faire honneur à son nom dû moins aux taches de s fourrure qu'à sa férocité envers les gentils manchots si appétissants.

Sur la glace, la masse des poussins en « fourrure » est agglutinée dans la gigantesque nursery où chacun se reconnaît par son identité acoustique. Où chacun se retrouve sans coup férir. L'adulte nourrit l'avide rejeton par régurgitation de son « lait de manchot ». Tout est dans le cri, tout est dans le regard !

Au moment de la débâcle, prêts pour la plongée aquatique, les poussins remplacent le duvet juvénile par un habit de plongée adapté à la chasse en eaux froides.

Quand les empereurs se rassemblent en bloc compact pour lutter contre le froid, ils se réchauffent entre eux. Car, comment ne pas croire que les manchots aient inscrit dans leurs gênes le temps obscur où les hommes les utilisaient comme combustible en les jetant vivants dans les chaudières des baleiniers ?

Un cri d'oiseau creuse le ciel, décimant les silences. La banquise, ce puzzle éparpillé sur l'océan, dont le joueur semble avoir égaré les pièces, sert aussi de perchoir mouvant à la gent ailée.

Symboles de la relation entre la terre et le ciel, les oiseaux incarnent la libération de la pesanteur terrestre. Leur chorégraphie aérienne est habitée de fulgurances avec un enchevêtrement de figures toutes plus fluides et sensuelles les unes que les autres.

L'albatros griffe le ciel pâle de ses ailes sculpturales. Il est le maître incontesté des airs les jours de grande tempête. Ce grand oiseau aime le vent, les bourrasques. C'est le voilier des mers démontées, des paysages apocalyptiques, des romans de Jules Verne. Ailes étendues, cou dressé, il semble danser. Utilisant ascendances et force du vent comme unique moteur.

Si le manchot fait rire avec ses allures de pantin, de tous les oiseaux de la Terre Adélie, le pétrel des neiges est sans doute le plus fascinant. Un oiseau blanc dans un paysage blanc. Bec noir, tête ronde, plumage lisse et silhouette gracieuse font de ce bel oiseau immaculé un symbole de pureté, qui ravit par sa blancheur, touche par l'harmonie de ses formes.

Quant à la mouette tridactyle, sa danse dans l'air glacé est sa manière à elle de rendre visible l'imaginaire. En parade, ses ailes déployées font cortège à l'œil cacodylate qui transperce la surface de l'océan en recherche d'un poisson comme Francis Picabia en quête d'une signature de plus.

« Ce tableau faunesque qui est encadré dans le ciel, fait pour y être accroché et regardé, ne peut être qu'un tableau »

aurait-il pu ajouter en contemplant la ronde du mergule avec son sens aigu de l'espace, le vol lent du goéland dans son rapport au temps et l'apparente indifférence de la sterne apte à la géométrie aérienne dont elle sait jouer pour la dessiner avec générosité. « Je vole, donc je suis » !

Ceux de l'Arctique dansent sur les sources du ciel au milieu des ombres fantastiques de la glace reflétant leurs bleuités. Ils font remonter des abysses océaniques des étoiles nouvelles qu'ils poursuivent de leur vol pour les affaler dans la nuit blanche.

Indifférente à la géographie, la sterne, grande migratrice, fait un aller-retour entre l'Arctique et l'Antarctique pour être témoin de deux étés chaque année. Le skua quant à lui sait faire bombance en se repaissant de poussins de manchots dans l'Antarctique : une auberge où son garde-manger est toujours bien garni.

Les soirs d'été, quand le ciel du couchant rosit, les îlots sont animés par les nichées d'oiseaux qui fourmillent en un ballet du soleil de minuit. Collés aux corniches étroites des falaises, sièges d'une grande activité aérienne, les guillemots et les macareux de l'Arctique nidifient en de très denses colonies piaillantes.

Devant la souffrance imposée aux animaux, il faut choisir son camp : celui du berger ou celui du loup !

Car comment admettre qu'un homme moderne et averti soit complice de cet abêtissement de l'humanité au IIIème millénaire ? Comment admettre que des « autorités » internationales ferment les yeux devant ces massacres inutiles à des fins mercantiles ? Aujourd'hui, c'est encore le cas des imbéciles qui persistent dans leur action sanguinaire au nom du Veau d'Or ou d'une raison dont le téléphone sonne aux abonnés absents !

« O ! avoir vu tous ces regards !
Avoir admis tous ces regards
Et avoir épuisé les miens à leur rencontre
Et, désormais, ne plus pouvoir fermer les yeux. »

Maurice Maeterlinck

Et sur leur tombe leurs yeux nous regardent...

« Vous êtes mort
Ce fut soudain
En vous envah
Rien ne vous a
Vous eûtes le s
Et la plus mor

N'est-ce p
terres aus
maison q
spectacle
baleines.

Beaucoup
trophées.
noires au
mauves c
Ce n'est c
recouvert

« On ne voit rien que ce qu'il importe si peu de voir. Rien et cependant on tremble. Pourquoi ? »

Henri Michaux.

La réponse au poète est dans ces crânes aux orbites vides contemplant l'océan qui les a vu naître. Dans ces structures d'os blanchis devenues le triste lego rappelant l'existence périssable et destructible. Dans ces bouches ouvertes clamant la souffrance incompréhensible donc inaudible. A quoi bon les mugissements de douleur quand l'appât financier est jeté en pâture aux chiens ?

Le frisson gagne devant les citernes rouillées qui servaient à emmagasiner la graisse des mammifères marins coulant hors du feu. Des formes qui ressemblent à des troncs pétrifiés : ossements des centaines de baleines dépecées sur des plages. Vision de sang, d'équarrissage, dans un abattoir à ciel ouvert. Le fonctionnement humain de la machine exterminatrice est d'avoir inscrit l'horreur dans la banalité du quotidien. Implacable acte d'accusation contre l'humanité.

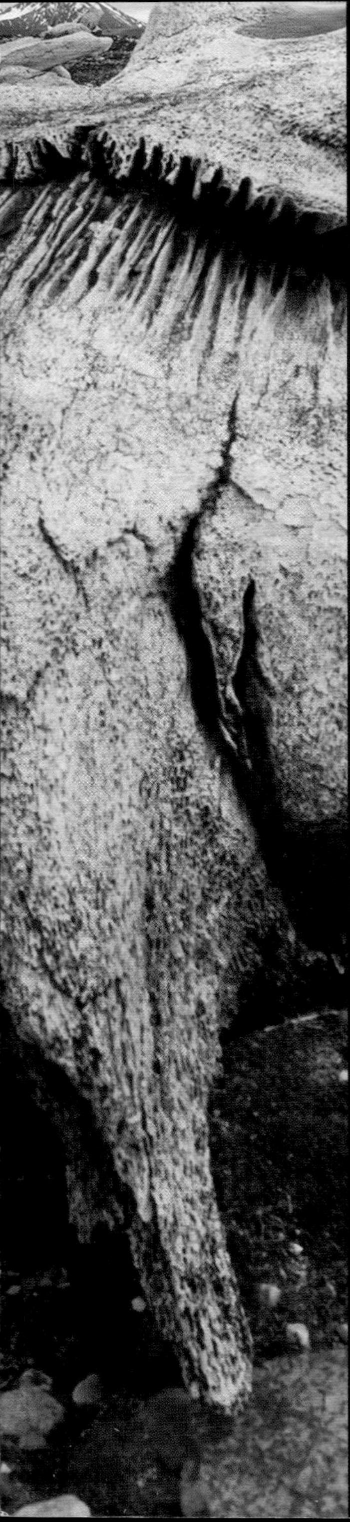

Dans son roman « Le Monde du bout du
Sepulveda confirme son engagement é
intérêt pour les peuples premiers :

*« Sûr que cette partie-là n'est pas dans
C'est la destination finale des balein
harponne d'abord avec le canon pou
de les tenir, on les achève aux harpo
les remorque jusqu'au poste, et les c
en action. Tout ce qui peut servir est
les barils. Ce qui reste, c'est pour les
cormorans ! »*

On se sent seul devant la chapelle éclairé
n'entendit la complainte du baleineau vo
jetée dans la fournaise. Personne ne voulu
en traîne derrière les belles écervelées h
blanchons déshabillés vivants de leur peau

Vision implacable de l'inanité des actions humaines ramenées à la triste carcasse des bateaux chavirés sur le côté. Le grand théâtre est clos. Les acteurs ont disparu. On ne voit plus rien. Et pourtant on reste inquiet et l'on tremble devant ce dégorgement d'impudeur. La honte à l'œil baissé règne sur ces paysages qui ont connu la vie. Le désastre écologique demeure. La morale ne sort pas grandie quand le mal est figé dans sa certitude mortelle.

Le monde, muet et complice, assiste encore aujourd'hui en direct à ces scènes monstrueuses. Violence poussée à son paroxysme. Comme Hannah Arendt, on peut alors s'interroger sur cette banalité du mal et cette violence qui habite chacun d'entre nous.

Cette histoire parfaitement immorale est aussi une leçon. Sur la banquise, le jour est toujours englouti par la nuit.

Le poème de Paul Valéry « Le cimetière marin » nous le rappelle avec insistance en faisant résonner ses vers prophétiques :

« Pères profonds, têtes inhabitées,
Qui sous le poids de tant de pelletées,
Êtes la terre et confondez nos pas,
Le vrai rongeur, le ver irréfutable
N'est point pour vous qui dormez sous la table,
Il vit de vie, il ne me quitte pas ! »

Pour comprendre cette banalité et cette monstruosité mêlées, on est en droit de se poser la question : « Comment de tels actes de barbarie ont-ils pu être commis, possibles et acceptés ? ». Et la suivante encore plus terrible : « Va-t-on poursuivre dans cette voie ? »

La pêche à la baleine permettait aux Européens d'obtenir des produits pour leurs industries alimentaires mais surtout pour l'huile servant à tous usages : chauffage et cuisine. Un rorqual bleu produisait vingt-sept tonnes d'huile servant à l'éclairage de nos villes. Et ces dames étaient corsetées grâce aux fanons. Lesquels étaient aussi utilisés pour les...baleines d'ombrelles. Le cuir pour les ceintures et les intestins séchés pour des cordages.

Le corps de nos compagnes exigeait aussi des produits cosmétiques et pharmaceutiques dérivés du spermaceti – mot scientifique pour éviter de dire cervelle de baleine – tandis que l'ambre gris du cachalot servait à fixer les parfums. Coquetterie féminine quand tu nous tiens, jusqu'où l'homme peut-il aller ?

Lorsque l'utilisation du harpon propulsé est remplacée par celle du harpon à tête explosive lancé par un canon à lunette de visée, la baleine n'a désormais plus aucune chance ! Mais les dépeceurs et les coupeurs de lard sont toujours de mise. L'augmentation des prises conduisit à une raréfaction de la ressource. La chasse d'animaux tués s'élèvera jusqu'à cinquante mille dans les années 1930.

Aujourd'hui, les baleines bleues de l'Antarctique sont à moins de 1 % de leur effectif d'origine. Une seule espèce, la baleine grise du Pacifique, est revenue à sa population d'origine alors que la baleine grise du Pacifique Ouest est au bord de l'extinction avec cent animaux vivants. La Convention Baleinière Internationale tente de réglementer cette chasse. Pour la manœuvrer, certains pays achètent des voix de coquins pour former un parti pro-chasse. Ce système leur permet de créer un bloc d'affidés sans accès à la mer, comme... la Mongolie !

En revanche, il est légitime que le droit de poursuivre la chasse à la baleine dans le cadre de la chasse dite « de subsistance » soit officialisé pour les populations autochtones, comme les Inuits ou les Chukotka. Il sera admis que celles du Groenland ont besoin de 730 tonnes de viande de baleine par an pour se nourrir, soit deux baleines boréales, 200 baleines de Minke et 19 rorquals.

Remettant en cause en 1986 le moratoire sur la chasse commerciale à la baleine, des pays ont entrepris la chasse « scientifique » pour tuer des milliers de baleines et de rorquals par an. Le massacre des dauphins à Taiji en 2013 illustre cette tuerie indigne.

Déplorons que ce programme scientifique ne soit qu'une excuse fallacieuse pour pousser à la reprise de la chasse commerciale à la baleine, même sans demande de la part du marché pour la justifier.

Summum de l'abomination et de la duplicité de ce programme : Ikan, association japonaise de défense des animaux, dénonce la publicité de la société Michinoku Farm qui vante ses biscuits fabriqués avec de la chair de rorqual commun d'Atlantique Nord, une espèce menacée, en précisant que cette viande est bonne pour la santé de ces petits bichons car « basse en calorie, pauvre en graisse, et riche en protéines ». Poisson d'avril ?

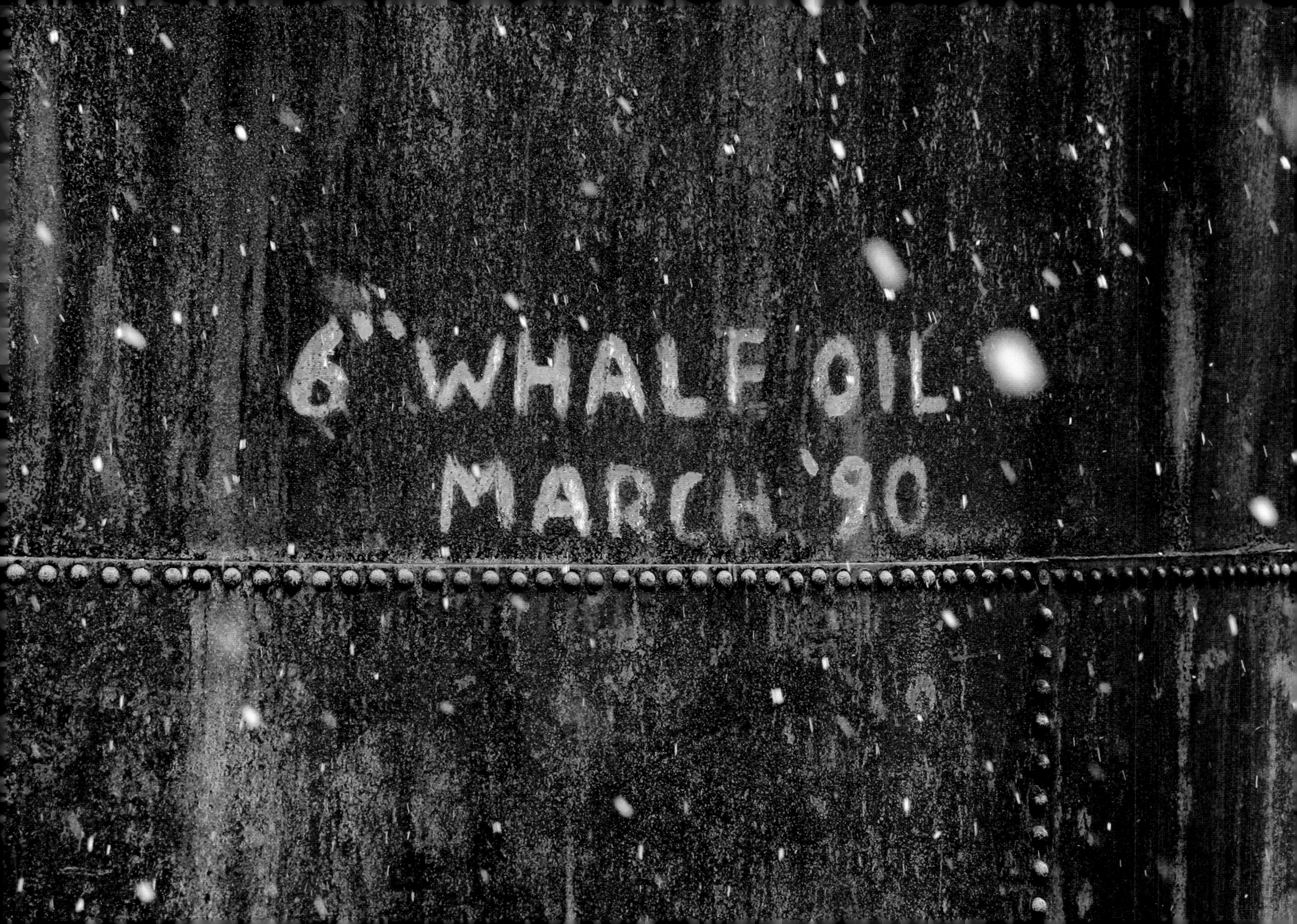
6" WHALE OIL
MARCH '90

Pourtant, dès 1804, Bernard Germain de Lacépède prédisait un massacre menaçant ces espèces, essentiellement causé par les gains engendrés par cette chasse :

« C'est ainsi que les géants des géants sont tombés sous ses armes ; et comme son génie est immortel, et que sa science est maintenant impérissable, parce qu'il a pu multiplier sans limites les exemplaires de sa pensée, ils ne cesseront d'être les victimes de son intérêt, que lorsque ces énormes espèces auront cessé d'exister. C'est en vain qu'elles fuient devant lui : son art le transporte aux extrémités de la terre ; elles n'ont plus d'asyle que dans le néant. »

Lettre à « Nanook »

Dans sa lettre à l'éléphant, Romain Gary nous apprit que l'éléphant était autre chose qu'un brave animal. Pourquoi n'en serait-il pas de même pour l'ours polaire, alors que « son arrêt de mort » vient d'être signé en mars dernier lors de la Convention sur le commerce international des espèces de faune et de flore sauvages menacées d'extinction en rejetant la proposition d'interdire le commerce international de cette espèce emblématique ?

Décision obtenue par 42 voix contre 38: cela sent à plein nez les agissements de marchands de tapis pour de petits arrangements, dixit Brigitte Bardot. 42 voix pour poursuivre le commerce de l'ours polaire alors que le WWF proclama 2013 « Année internationale de l'ours polaire », quarantième anniversaire de l'Accord sur sa conservation, signé par les cinq pays abritant des populations de cette espèce. Quels sont donc les pays « chauds » qui ont signé cet accord indigne qui devient l'une des principales menaces pesant sur l'ours polaire, avec le réchauffement climatique ? Quelles furent les conditions « souterraines » de cette transaction criminelle ? Désormais, l'extinction de l'espèce est programmée d'ici à cinquante ans.

Voici donc
ma lettre à « Nanook »

Monsieur et cher ours,

Je viens de lire qu'il a suffi d'un garçon de six ans pour que le zoo de Luhoe en Chine soit contraint de fermer ses portes. L'enfant s'était étonné d'entendre le grand « lion » d'Afrique aboyer. Les responsables du zoo avaient tenté de faire passer un dogue tibétain, massif et très poilu, avec une imposante crinière, pour le roi des animaux.

Au même moment, j'ai appris la découverte de l'olinguito, sorte de raton laveur vivant dans les Andes. Espèce jamais décrite précédemment par la science: un petit carnivore qui ne mange que... des fruits, tout comme le panda, le « grand ours-chat », votre congénère asiatique et aussi celui de l'olinguito américain !

Quand je parle de vous, j'évoque le blanc de votre fourrure comme symbole de la pureté de notre combat. Cette couleur me parle aussi de ces petites boules de poils immaculés aux grands yeux sombres déboulant dans la vie sur le névé qui fond au printemps. Vous leur apprendrez comment chasser le phoque, votre plat préféré, en restant à l'affût des heures durant aux agloos *où viennent respirer vos proies. Ou la nage pour les surprendre avachies sur un* growler *de glace dérivant sur l'océan. Pour cela, je n'oublie pas votre malice de ce remarquable camouflage. Il paraît même que vous camouflez votre truffe noire de votre patte avant pour approcher vos proies. Eh oui, il faut bien se nourrir !*

Tout cela nous montre la supercherie des hommes et la complexité de la diversité de la vie sur la planète. Mais surtout que « l'âge des découvertes de nouveaux animaux est loin d'être fini », puisque, en revanche, nous en détruisons toujours plus. Vous devez vous faire des soucis, car vous êtes concerné au premier chef par ces révélations. Vous devez être consterné en pensant que l'on mettra bientôt des peluches avec des micros pour vous remplacer dans des zoos, puisque vous allez bientôt disparaître de la surface de la banquise. Les hommes l'ont déjà programmé dans leur course folle au profit et à l'exploitation sans fin des ressources finies de la terre. C'est aussi l'épée de Damoclès qui pèse désormais sur l'olinguito qui aurait préféré rester dissimulé dans ses forêts andines.

Avec tous ces mondes différents qui se croisent et s'entremêlent sur votre banquise, celle-ci est devenue le symbole menacé de cette altérité chère à Claude Lévi-Strauss. Elle cristallise toutes sortes de paradoxes propres à cet univers blanc : or, elle demeure un monde riche du passé et d'avenir. René Char pensait que ceux qui « regardent souffrir le lion dans sa cage pourrissent dans la mémoire du lion ». Aujourd'hui, nous tuons des milliers des vôtres chaque année. Je sais que vous ne parlez pas, mais n'en souffrez et n'en pensez pas moins.

Les dieux se sont chargés de la fantasmagorie du chaos des glaciers et de l'océan en fusion. Les fées leur ont concédé certains des mystères et des légendes que la magie des peuples du Grand Nord leur accorde. Ce sont la lune et les étoiles qui font scintiller la neige de votre royaume quand au firmament explose la danse des aurores boréales drapant le ciel des plus belles couleurs de sa palette inconnue chez nous. Pourtant, ce bestiaire fantastique rappelle qu'à l'heure de l'exploration spatiale il demeure encore beaucoup à faire pour apprendre la vie des êtres vivants sur notre planète. D'abord en la protégeant.

Bizarrement, pour en tirer profit, des hommes venus d'ailleurs se sont mis dans la tête de faire éclater et fondre cette carapace glacée sur laquelle des peuples premiers et vous, colocataires de ces terres stériles, menaient votre vie fruste mais équilibrée, immergés dans ce vide harassé de froidure, avec cette sensation de fendre un océan blanc sans fin que vos Inuits divinisent sous le nom de « Nuniassiaq », la Belle Terre.

L'homme a toujours eu besoin d'être le centre du monde. « Nanook », je vais vous faire rire : abordant Saint Pierre, Jacques Cartier s'exclama : « J'ai vu un ours si vieux qu'il était tout blanc ! »

Naturellement, vous devez mépriser ces profanateurs d'ossuaires et destructeurs de la faune et de la flore arctiques. Ce sont des professionnels du mensonge en cherchant à faire sécher de la neige au four et nous la vendre pour du sel blanc.

Certains se battent pour vous. La tolérance zéro est la seule solution dans ce dialogue. Chacun de vos congénères sauvé compte. Comme le disait Raymond Devos : « Trois fois rien, c'est déjà quelque chose. »

Le réchauffement climatique et la fonte des glaces illustrent bien en quoi l'activité humaine, la pollution et l'effet de serre sont une véritable catastrophe pour les vôtres qui en payaient déjà le prix. Pour vous, « Nanook », la perte de surface de banquise est comparable à la déforestation de forêts tropicales humides : qui perd l'habitat, perd les espèces ! Vous n'avez pas de territoire vous appartenant, car vous appartenez à l'univers de votre banquise disloquée.

Et que dire de l'empoisonnement visible des eaux boréales qui annonce une autre menace invisible. Les courants maritimes et les circulations de masses d'air concentrent dans vos eaux une gigantesque quantité de polluants organiques persistants que vos amis ailés et aquatiques stockent dans leurs tissus graisseux. Le phénomène se retrouve dans le lait maternel des femmes Inuit, ce peuple premier en sursis comme vous, dont la culture et le patrimoine composent l'âme de l'Arctique.
Quant à vous, friand de chair de phoque, vous ingérez à haute dose ce poison. La boucle est bouclée pour exterminer une population et se débarrasser des problèmes d'expropriation de leurs terres. Et l'histoire bis repetita!

Le poète Arthur Rimbaud l'avait compris:
« Parfois, martyr lassé des pôles et de zones,
La mer dont le sanglot faisait mon roulis doux
Montait vers moi ».

Prenez garde, « Nanook », certains voudraient recréer une vie pour ces hommes et ces femmes nés sur cette terre mais qu'ils devront abandonner pour en faire un nouvel univers qui s'appellera... Arctique. Quant à vous et vos amis, vous finirez protégés, donc « conservés » dans des zoos. Tout comme l'ourson blanc né au zoo de Berlin, dont le nom « Knut » a déjà été déposé comme marque par le Zoo et même coté en bourse. Succès commercial indéniable. Boniment et mensonge, charlatanisme d'une civilisation décadente qui voudrait vous faire le coup de la boîte de soupe Campbell peinte par Andy Warhol : ils reproduiront une boîte de conserve mais ce ne sera pas du tout une boîte de conserve ! Ainsi en va de l'Arctique abandonnée aux mains de ces prédateurs !

Mon ami ours, je suis très triste de savoir que vous allez disparaître de mon horizon. Et, même si je ne comprends pas toujours bien le chant du vent en maraude sur les banquises du Nord et de du Sud, la magie de vos grognements, les jabotages des manchots, les aboiements rauques des phoques, les rugissements tonitruants des lions de mer et cette cacophonie de la gent ailée me bercent, rappelant les temps anciens où « Nanook » était le roi de la banquise en Arctique ! Aujourd'hui, ce concert est déjà remplacé par celui des halètements des bateaux brise-glace.

En pensant à vous, « Nanook », je reviens à l'époque de mon enfance. Je rêve des aurores boréales. Elles me procurent toujours cette émotion viscérale quand elles sont à l'apogée de leur brillance, offrant un spectacle de lumières vert-clair, soufflant un esprit virevoltant qui danse dans les cieux.

Vous n'avez seulement besoin que d'y croire...mais vous étiez alors tout près de moi : montagne de fourrure blanche d'où sortait votre regard noir et perçant.
Je me suis endormi, attendant la mort. Quand j'ai rouvert les yeux, vous dormiez. La tête reposant sur vos pattes repliées. J'ai voulu vous caresser la tête en la pressant contre moi.
Nous nous sommes réveillés et enfuis, chacun de notre côté. J'ai compris votre aspiration à une existence libre, somme toute anachronique pour nous, êtres civilisés, qui vous tuent pour le plaisir d'exhiber un trophée. Sachez qu'être un homme est une tâche accablante et que peu y parviennent.

Si j'ai opté pour votre défense, c'est que je suis resté un conservateur, voire un réactionnaire. Si je ne combattais pas pour votre cause, ce serait admettre d'avance qu'elle était perdue. Trop attachés à la liberté, nous nous trouvons, vous, monsieur et cher ours, et moi-même, sur le même hummock détaché de la banquise et poussé vers des rivages inconnus. Captive du ciel, la lumière agonisante du soir bâillonnera les cris d'oiseaux. Peut-être que vous, « Nanook », dans cette nuit si glacée que l'obscurité devient étourdissante et les étoiles plus allumées, vous voulez nous vendre un fantasme, un rêve, avant d'aller peupler les musées des squelettes à l'instar du monde des dinosaures disparus.
Mais ça, je ne le crois pas. Puisque ma lettre n'est pas un requiem mais un vrai questionnement sur la vie !

Car nous savons tous les deux: celui qui n'a pas vu l'horizon, dans le fumé du jour polaire, tout fragile, tout vivant, ne sait pas ce que c'est que l'espoir.

Photographe humaniste, Sabine Trensz se joint à moi en glaneuse poétique d'images dont vous êtes le héros.

Croyez moi votre ami bien dévoué

Gérard Cardonne